Les fées du camping

Susie Morgenstern

Les fées du camping

Illustrations de Jean-Charles Sarrazin

Mouche
l'école des loisirs

11, rue de Sèvres, Paris 6ᵉ

Du même auteur à *l'école des loisirs*

Collection MOUCHE
A, B,… C.P.
L'autographe
Le fiancé de la maîtresse
Halloween Crapaudine
Joker
Un jour mon prince grattera
Même les princesses doivent aller à l'école
Un papa au piquet
Les potins du potager
Sa majesté la maîtresse

© 2007, l'école des loisirs, Paris
Loi n° 49.956 du 16 juillet 1949 sur les publications
destinées à la jeunesse : mars 2007
Dépôt légal : avril 2007
Imprimé en France par Aubin Imprimeur à Poitiers

ISBN 978-2-211-08763-6

*Chagrin d'enfant et
rosée du matin n'ont pas de durée.*
George Sand

Pour Gill Rosner

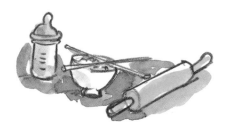

Depuis longtemps, Xavier n'a qu'un rêve pour ses vacances : partir camper. À la campagne, à la montagne, dans la forêt, à la mer… n'importe où pourvu que ce soit en pleine nature.

Mais chaque année, depuis les neuf ans qu'il est né, ses parents et ses deux grands frères trouvent le moyen de faire autre chose : du tourisme lointain, des voyages de luxe, des croisières. Entre son père qui ne prend qu'une semaine de vacances, et sa mère qui s'acharne à passer deux de ses quatre semaines à elle avec sa propre mère, le grand air souhaité par Xavier subit veto sur veto.

La famille est allée à New York tout en béton, elle a navigué sur la Méditerranée tout en mal de mer, elle a passé une semaine au Club Magimerveille tout en grande bouffe, et ainsi de suite, ni trop déçue ni trop contente, car il faut bien prendre des vacances, dit le père de Xavier. Mais Xavier ne renonce pas. Il se tient prêt. Entre ses anniversaires et Noël, il a rassemblé toute la panoplie du parfait campeur. Son sac de couchage patiente avec son sac à dos, son couteau suisse avec son camping-gaz. Il s'est même dernièrement fait offrir une tente.

Pour avoir enfin l'occasion de s'en servir, il a tout essayé :

✓ si je fais mes devoirs sans qu'on me le dise ;

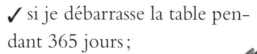

✓ si je débarrasse la table pendant 365 jours ;

✓ si je descends acheter du pain frais et des croissants le dimanche ;

✓ si je contrôle ma mauvaise humeur le matin ;

✓ si je bois mon jus d'orange sans que maman ait à me le répéter vingt fois.

Et puis, miraculeusement, cette année, son père a enfin cédé. Il s'est adressé à l'agence de voyages Aventure pour se procurer cinq billets option « camping en Écosse ».

Xavier est bien trop content pour se laisser aller à dire ce qu'il pense vraiment de cette destination : pourquoi traverser la Manche quand il existe en France tant

de forêts magnifiques et tant de mon-
tagnes admirables, et au moins trois
mers?

Ravalant ses objections, il prépare
son voyage. Avec la plus grande minu-
tie. Il aligne son matériel. Il fait des listes
d'articles de première urgence:

✓ mallette de soins en cas de morsures d'insectes ou de bêtes sauvages ;

✓ téléscope pour observer les étoiles et les constellations ;

✓ carnet de bord ;

✓ livres.

Après coup, il barre « livres ». Pour une fois, il va remplacer « livres » par « vivre ».

Dès que sa mère entrouvre la grande valise familiale, Xavier vient y déposer d'abord son camping-gaz, et puis sa tente, et puis son set camping-vaisselle.

– Pas la peine, déclare son père en ressortant de la valise ce trésor que son fils a amassé pièce à pièce tout au long de ces années. On nous fournira tout ça sur place.

Xavier aurait tellement voulu utiliser son propre matériel, l'emmener

respirer lui aussi le bon air, le pauvre,
plutôt que de le laisser moisir dans un
placard !

Mais tant pis. Il se console en se disant
qu'il sera bientôt au bord du loch Ness,
à guetter les apparitions du fameux
monstre. Une chose est sûre, en tout cas :
sa famille ne va pas tarder à reconnaître

qu'elle a eu tort de gaspiller ses précédentes vacances à bronzer idiotement.

Comme chaque année, l'école finit
par finir. Nous voici au bout du long
parcours. Mais cette fois – ultramotivé
et inspiré –, Xavier termine premier de
sa classe. Et maintenant, il ne vit plus
que pour le départ. Il se voit en train de
griller au feu de bois d'énormes pois-
sons tirés d'un lac, de dormir à la belle
étoile et d'étonner ses frères par sa rapi-
dité à gravir les pentes pour arriver en
haut des crêtes.

Avec son argent de poche, il a acheté
pour toute la famille de petites friandises
à déguster le soir autour d'un
feu de camp. Il a aussi prévu
un sac pour les spécimens

rares qu'il récoltera le long des chemins, fossiles, fleurs sauvages, beaux cailloux.

Plus que trois jours.

Une atmosphère électrique règne à la maison. Tout le monde se prépare, unanimement rallié aux projets de Xavier. Il triomphe.

Plus que deux jours.

On finit les restes du frigo. On astique la maison pour, comme dit sa mère, « mieux la retrouver en rentrant ».

Plus qu'un jour.

On vérifie le stock de sous-vêtements et on boucle les valises. Ça y est ! La vie, oh la vie !…

Mais en se brossant les dents, ce soir-là, avant d'aller au lit, Xavier surprend son reflet dans la glace. Il doit réprimer un hurlement d'horreur.

Son visage a soudain pris l'aspect de la jupe à gros pois de sa mère. Sa figure est ponctuée de pustules rondes et rouges, qui tendent d'ailleurs à lui coloniser tout le corps. Et ça le gratte beaucoup.

Le lendemain matin, sans réfléchir, il tente de faire disparaître les pustules sous une bonne dose du maquillage de sa mère. Peine perdue, elles se voient toujours.

Il n'y a plus qu'à baisser la tête à table, pour qu'elles ne se remarquent pas. Mais pas facile d'échapper à la vigilance maternelle :

— Mon Dieu ! Qu'est-ce qui t'arrive ?

— Ce n'est rien, Maman.

— Probablement l'émotion du départ, hasarde le père de Xavier.

Sa mère lui touche le front :

— Tu es brûlant ! Tu as de la fièvre.

Malheureusement, le thermomètre confirme ce diagnostic.

De même que le docteur de SOS Médecins, appelé en urgence. Ce doc-

teur est une femme : une doctoresse.
Elle en rajoute en rédigeant son ordon-
nance :

— Une fameuse varicelle. Pas question de mettre le pied dehors pendant
au moins huit jours.

– Mais on part demain pour l'Écosse ! proteste Marc, un des frères de Xavier.

– Toi, peut-être, mais pas lui. De toute façon, il est contagieux, on ne le laisserait pas entrer dans le pays. Il faut qu'il se repose.

La doctoresse expédie une tape consolatrice dans le dos de Xavier :

– Allez, ce sont des choses qui arrivent. Ce n'est pas la fin du monde. Il y a plus grave.

Et le bouquet :

– C'est la vie !

Xavier la déteste. Plus grave ? Il ne vit que pour ce départ vers l'Écosse depuis le premier jour de ces neuf pénibles années d'existence passées au compte-gouttes, et maintenant c'est

raté. Pour elle, il y a peut-être plus grave.
Pour lui, c'est un deuil absolu.

— On annule, alors, soupire sa mère,
fataliste.

Réaction immédiate de son père :

— Tu n'y penses pas ! Je n'ai pas pris
l'assurance annulation. Si on annule, on
perd tout.

— On n'a qu'à y aller sans lui, pro-
pose Louis, l'autre frère de Xavier,
vachement sympa.

— Et qu'est-ce qu'on fait de Xavier ?
demande son père en haussant les épaules.

Xavier adore quand on parle de lui
comme d'un cadavre. Marc a la solution :

— On appelle Mamie Colette.

— Elle est sur la Côte d'Azur.

— Alors Mamie Marie.

— Elle vient de partir pour la Bre-
tagne.

— Eh bien, Gisèle.

« Pitié, pas Gisèle ! » pense Xavier,
qui apparemment n'est pourtant plus
censé penser. Gisèle est la voisine. Elle
est en dépression nerveuse.

— Ça lui ferait sûrement du bien, de
s'occuper de quelqu'un…

– À elle, peut-être, à moi peut-être pas, murmure Xavier.

– Le problème c'est que, dans son état actuel, je ne lui fais pas trop confiance… dit Maman.

« Merci, Maman », pense Xavier.

— J'ai une idée, dit Marc. On prend un étudiant comme garde-malade.

— Et on le trouve comment, ton étudiant, la veille du départ ?

— On regarde sur Internet.

Aussitôt, le père de Xavier se rue sur son écran. Il clique dans tous les sens et finit par trouver un certain nombre de candidats possibles. Il se met à téléphoner furieusement.

Le cœur de Xavier n'est plus qu'un pare-brise éclaté en mille morceaux coupants. «Ainsi, ils vont m'abandonner. Je serai quatre fois orphelin. Ce voyage était mon rêve à moi, et c'est eux qui vont le réaliser. Ils me laissent avec ma varicelle, et ma varicelle aux soins d'un étudiant ! »

Xavier a mal à la tête. À présent, il

se sent vraiment malade. Ça le gratte à en devenir fou.

En quatre coups de fil, l'étudiant idéal est engagé. Il répond au nom de Sébastien. Un seul hic : il ne peut pas se présenter avant quatorze heures, alors que l'avion pour l'Écosse s'envole à treize heures. Qu'à cela ne tienne : Gisèle assurera l'intérim. Elle viendra garder Xavier jusqu'à l'arrivée de Sébastien et recevra celui-ci.

Ainsi donc, le «plan Xavier» paraît bouclé ; mais Xavier ne veut pas le croire. Demain, c'est sûr, il sera guéri. Il partira avec eux.

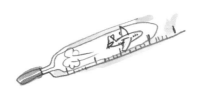

Samedi

Mais voilà que, le lendemain, Xavier est encore moins beau à voir, et qu'ils partent sans lui.

Ils le quittent avec des « Ne t'en fais pas », des « On te téléphonera tous les jours ». Belle consolation.

— À notre retour, tu seras comme neuf.

— Mine de rien, Gisèle veillera sur toi.

— Et puis, il avait l'air très bien au téléphone, ce Sébastien, très dynamique et très professionnel, dit son père. Je regrette de le rater.

Les frères assurent en chœur :

— On te racontera.

Ce que Xavier a toujours appelé sa famille disparaît dans l'ascenseur,

comme engloutie d'avance par le monstre du loch Ness. Ils s'en vont en le laissant sur le palier, malade, couvert de ses pustules infectes, déprimé, inquiet, déçu et déchu de son optimisme, de sa confiance en la vie.

Et maintenant Gisèle est là, vautrée sur le sofa, muette, et lui, Xavier, l'abandonné, le varicelleux, il doit tâcher de lui faire la conversation !

Elle ouvre enfin la bouche, mais c'est pour décrire par le menu la géographie complète des lieux anatomiques de son arthrose. Et puis, subitement, elle se lève et le soulage de sa présence avec un péremptoire : «J'ai rendez-vous chez le docteur, je ne peux pas attendre. L'étudiant ne va plus tarder. »

Xavier reste sur le sofa. Il se prend la tête dans les mains et éclate en sanglots. «C'est la vie ! C'est la vie ! Qui voudrait vivre, si la vie c'est ça ?!» Les larmes n'arrangent pas son visage déjà bien amoché. Quand la sonnette retentit, il s'essuie les joues et va ouvrir.

En le voyant, l'étudiant ouvre de grands yeux et reste bouche bée. Ses cheveux bouclés se hérissent presque. Il fixe Xavier et s'exclame :

— C'est pas vrai !

— Ce n'est que la varicelle, dit Xavier.

— Ton père ne m'en a pas parlé. Moi qui n'ai jamais eu la varicelle, je ne peux pas me payer le luxe de l'attraper en ce moment.

— Ah ! fait Xavier.

— Voilà comment on va faire, mec. Je reviens ce soir t'apporter à manger, je sonnerai et je laisserai le repas devant la porte. Et demain, je t'envoie quelqu'un à ma place. En attendant, sois cool, mec. À tout à l'heure, mec.

Sébastien dévale l'escalier, bien trop pressé pour prendre l'ascenseur.

Xavier retourne à son sofa. Il ne pleure plus. Sa détresse se situe très au-delà des larmes. Il répète dix fois :

«Déçu, déçu, déçu, déçu.» Il re-répète encore ce mot une bonne centaine de fois. C'est comme s'il comptait des moutons, et ça marche. Il s'endort.

La sonnette d'entrée le tire brutalement de son somme. Le temps de se mettre debout et de se traîner jusqu'à la porte, Sébastien a déjà déguerpi. Il a laissé sur le paillasson une boîte pour enfants de chez MacBidon.

Au moment où Xavier s'en empare, sonnerie du téléphone. Xavier décroche.

C'est la voix énervée de son père, qui s'informe :

— Il est venu, l'étudiant ?

— Euh, oui.

— C'est parfait !

— Vous êtes en Écosse ? demande Xavier.

— Penses-tu !

— Vous êtes où ?

— À l'aéroport. Ils n'ont rien trouvé de mieux que de faire grève le jour des grands départs. On va camper ici jusqu'à ce qu'ils décident d'activer leur oiseau.

— Pas de chance.

— Tu peux le dire. Toi, tu en as d'avoir au moins un lit.

— C'est sûr.

— Au revoir, mon garçon. Dors bien.

– Merci.

La nuit est tombée. Xavier erre dans l'appartement comme un fantôme. Il n'a jamais été seul la nuit et il a peur. Il se cogne le genou à la table basse du salon et pousse un cri de douleur. Il inspecte sa chambre, où tout lui semble hostile. Pas question d'y coucher. Ses yeux se posent sur ses affaires de camping. Au fond, la voilà peut-être, l'occasion de s'en servir.

Xavier plante sa tente au milieu du salon, il y déploie son sac de couchage et il se glisse à l'intérieur de tout ça. Quelle bonne chaleur ! Mais il faut compter avec la faim qui vous tord l'estomac. Xavier va repêcher la boîte MacBidon à côté du téléphone, il allume une bougie et commence à

mastiquer, assis par terre devant son feu de camp.

La frite au ketchup, ce n'est déjà pas fameux en temps normal ; mais quand c'est froid, il faut une fringale d'enfer pour manger ça. Xavier engloutit toutes ses frites, puis souffle la bougie.

Il se couche, mais le sommeil ne vient pas. Il se chante une berceuse à base de « déçu, déçu, déçu, déçu ». Il entend des bruits suspects. Il pense à des voleurs, à des assassins, à des pirates. Son imagination l'emporte vers un tas de choses épouvantables. Mais heureusement, les fausses notes de la bonne femme du dessus, qui joue au piano son éternelle *Lettre à Élise*, le rappellent à la réalité.

« Heureusement », c'est vite dit. Le bilan est plutôt négatif. Xavier est seul chez lui, malade, malheureux, sans espoir, insomniaque – rien qu'un pauvre garçon attaqué par un mal contagieux et que sa famille a abandonné comme une vieille chaussette.

Il compte les monstres du loch Ness et finit par sombrer.

Dimanche

Ding dong. C'est le carillon de la porte d'entrée. Xavier se dresse sur son séant. Il a mal partout. Camper sur un parquet n'est pas idéal. Ça sonne à nouveau. Il se lève et se met en marche, et se cogne à nouveau le même genou à la même maudite table basse. Il gagne l'entrée tordu de douleur. Là, il se débat un bon moment avec la porte blindée qui coince. Il la tire de tout son poids. Elle cède brutalement.

Et s'ouvre sur la plus jolie fille qu'on ait jamais vue au monde !

Une fée, une princesse, un top model, une star, une créature de magazine. Une beauté radieuse, et un tel rayonnement vous aveugle. Xavier se frotte les yeux. La fille porte avec elle un cabas et une guitare.

Elle se présente :

— Je suis Justine, une amie de Sébastien.

— J'ai la varicelle, avertit Xavier, conscient du crime que ce serait d'éclabousser de pustules rougeâtres une telle merveille de la nature.

— Je sais. Je l'ai déjà eue, je suis immunisée, dit la fille en lui tendant le cabas, mais en gardant la guitare.

Xavier reste sous le choc, complètement ébloui. Il a l'impression de jouer dans un film de Hollywood. En principe, il ne s'intéresse pas trop aux filles, mais celle-ci est un spécimen rarissime de blondeur et d'yeux bleu azur. Elle est irréelle.

Elle pose sa guitare et déballe les courses. Il y a une baguette fraîche et des lasagnes.

— On va prendre un petit déjeuner, après quoi on avisera. Je n'ai pas encore bu mon café. Qu'est-ce que tu prends, toi ?

Xavier, qui d'ordinaire n'est pas très actif en cuisine, branche illico la bouilloire, sort la confiture et met la table. Manger en tête à tête avec Justine, il n'a jamais rien imaginé de plus divin.

– Je te préviens, dit-elle, il faut que je travaille ma guitare. J'ai mon examen au conservatoire demain.

– Pas de problème, dit Xavier en songeant : «Du moment que tu me laisses te regarder… »

Après le petit déjeuner, il l'écoute travailler pendant une bonne heure.

– Tu joues comme un dieu ; enfin, comme une déesse, commente-t-il.

Elle lui décoche un sourire enchanteur :

– J'espère que le jury sera de ton

avis. Tu veux essayer ? Je vais te montrer quelques accords.

Justine donne à Xavier sa première leçon de guitare. Elle sent le muguet.

La matinée se passe. Après le déjeuner, coup de téléphone de la mère de Xavier, qui avait totalement oublié qu'il a une mère (et un père, et des frères).

— Ça va, mon chéri ? demande-t-elle d'un ton légèrement éploré.

— Oui, oui. Et vous, vous êtes bien arrivés ?

— Ne m'en parle pas, nous avons atterri à quatre heures du matin. Ton père et tes frères dorment encore.

— Vous couchez sous la tente ?

— Pas exactement. On te racontera. Et toi, comment te sens-tu ? Ça te gratte toujours autant ?

Xavier se souvient également de sa varicelle.

— Ça va.

— J'ai hâte de te retrouver, mon chéri.

— Mais vous venez juste de partir…

— N'empêche, tu nous manques.

— Vous me manquez aussi, articule Xavier machinalement.

La journée paraît courte, le soir tombe tout d'un coup. Xavier offre sa chambre à Justine pour la nuit. Lui restera à coucher sous sa tente. Avant de dormir, Justine lui a lu des poèmes d'amour, qu'il n'a pas bien compris. Mais elle a une si belle voix.

Ce matin, quand il se réveille, elle est déjà partie. Est-ce qu'elle n'était qu'un rêve ?

Non, il y a un mot d'elle sur la table.

Xavier n'a pas le temps de le lire. Coup de sonnette. Il se précipite, le cœur battant.

Lundi

Hélas, derrière la porte, une autre fille. Aussi moche que Justine était belle. Elle est tellement couverte de taches de rousseur qu'elle semble atteinte d'une varicelle trois fois pire que celle qui vous fait rater l'Écosse. Des pieds immenses sortent du bas de son pantalon de zouave, deux couettes couleur rouille pendouillent de chaque côté de sa figure ingrate, et son sac à dos, porté comme une hotte de Père Noël, lui donne l'air d'une bossue.

— J'ai la varicelle, proclame Xavier dans l'espoir de la faire fuir.

— Il paraît, oui, réplique-t-elle. Je suis une amie de Sébastien, je viens le remplacer.

— Et Justine ?

— Elle a son examen. Demain, c'est moi qui aurai le mien. Sébastien a prévu un roulement.

Un sourire vient activer sa laideur : c'est une grimace de clown.

— Vous jouez de la guitare aussi ?

— Non, je fais l'école du cirque.

Xavier l'aurait parié

— Alors, elle existe réellement, cette école ?

— Oui, et ç'a toujours été mon rêve d'y entrer. Il faut essayer de réaliser ses rêves d'enfant.

Xavier a une pensée amère pour son rêve à lui : le camping. Par solidarité, il décide de faire entrer la remplaçante de Justine.

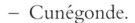

— Moi, c'est Xavier, et vous ?

— Cunégonde.

— Vous blaguez ?

— Tu peux me tutoyer, je n'ai que vingt ans. Et Cunégonde n'est pas une blague. On a le prénom que nous donnent nos parents.

— Si tu en changeais, tu prendrais quoi ?

La fille réfléchit.

— Je ne prendrais rien. Cunégonde me va bien, je le garde, je m'y suis faite. As-tu pris ton p'tit déj ?

— Pas encore, il n'y a rien à la maison.

— Si c'est comme ça, on va aller mendier chez les voisins.

— Surtout pas! je préfère crever de faim! s'écrie Xavier, mais la fille ne l'entend pas. Elle a déjà disparu dans l'escalier.

Cinq minutes plus tard, la voilà qui revient avec un plateau chargé de biscottes, de confiture, de beurre… et accompagnée de Gisèle, plus déprimée

que jamais, qui manifestement semble vouloir leur réciter le catalogue complet de ses malheurs et de ses angoisses du jour. Cunégonde l'arrête en disant :

— Mes amis, place au rire, je n'appartiens pas à la catégorie des clowns tristes et je vais vous le prouver. Veuillez simplement me donner un petit coup de main.

Elle recrute Gisèle et Xavier et leur fait déplacer tous les meubles, replier la tente et dégager l'espace.

En plus d'être drôle, c'est une acrobate accomplie. En outre, tellement comique, qu'elle réussit à faire rire même Gisèle.

Laquelle Gisèle est maintenant de si bonne humeur qu'elle les invite à venir déjeuner chez elle. Ce n'est qu'une omelette au fromage, mais Xavier n'avait jamais vu sa voisine dans d'aussi bonnes dispositions.

Cunégonde consacre l'après-midi à apprendre à Xavier à faire la galipette, la roue, des grimaces. Et subitement, il se met à la trouver belle.

Il en oublie sa varicelle, le camping et même sa famille, qui n'est plus pour lui qu'un lointain souvenir qui s'estompe, jusqu'au moment où son père téléphone.

— Ça va, mon Xaxa?

— On fait aller, répond Xavier sur le ton du naufragé… Et vous?

— Il pleut, on gèle, et tout ça à cause de toi, qui n'es même pas là. Vivement le retour!

— Vous venez de partir.

— Heureusement, ça passe vite. Nous serons bientôt de nouveau à côté de toi.

— Tant mieux.

— Au revoir, mon Xaxa.

— 'voir, P'pa.

Cunégonde s'absente en fin d'après-midi pour aller acheter un poulet rôti chez le traiteur du quartier. Excellente soirée. Le seul ennui, c'est qu'elle veut se coucher tôt afin d'être en forme pour son examen. On remet les meubles en place.

Xavier n'a pas du tout sommeil. Il est surexcité. Il renonce à remonter sa tente et s'installe avec un livre sur le sofa pour lire à la lumière d'une bougie. Quand la bougie s'éteint, Xavier dort depuis longtemps.

Mardi

Il se réveille à temps pour souhaiter à Cunégonde bonne chance pour son examen.

— On dit : *Break a leg !* Casse-toi une jambe.

— Casse-toi les deux, alors. Je penserai à toi toute la matinée.

Xavier se demande qui va venir le garder aujourd'hui. S'habitue-t-on aux surprises ?

Cette fois, s'encadrant dans la porte d'entrée, c'est une fille de son âge, porteuse d'une mallette.

— Vous venez me garder ? s'informe Xavier, un peu vexé qu'elle soit si jeune.

— Non, ma sœur arrive. Elle monte à pied, elle a peur des ascenseurs.

L'aînée arrive à bout de souffle. Elle

essuie ses lunettes à sa chemise. Les deux sœurs ont les cheveux d'un noir absolu, les yeux bridés et le teint rose-jaune.

— Vous êtes chinoises ?

— Vietnamiennes.

— J'adore la cuisine vietnamienne, dit Xavier.

— Ça tombe bien, dit la grande sœur en montrant un gros sac de provisions.

Par acquit de conscience, Xavier lance son avertissement :

— Attention, j'ai la varicelle.

— Moi, je l'ai déjà eue, et ma sœur aimerait bien l'attraper, dit l'aînée. Elle en serait débarrassée.

— Entrez ! Comment vous appelez-vous ?

— Elle, Marie-Claire et moi, Marie-Louise.

— Des prénoms bien français.

— Nous sommes également bien françaises, nées en France.

Xavier trouve néanmoins bizarre d'appeler ses deux filles Marie quand il existe tant d'autres possibilités.

Les deux Marie nettoient la table de la salle à manger et installent un jeu d'échecs.

— Tu sais jouer ? demande Marie n° 1.

— Pas vraiment.

— Alors regarde-nous faire, dit Marie n° 2, et puis on t'expliquera. Nous sommes toutes les deux championnes départementales dans nos catégories respectives.

Xavier oublie qu'il n'a pas mangé, fasciné par le pouvoir de concentration des deux filles.

    – Le championnat régional a lieu demain. On s'entraîne.

    Vers midi, la plus grande Marie, qui est quand même assez petite, interrompt les échecs et se met à s'activer dans la cuisine. Elle réchauffe, elle fait frire. Pendant ce temps, la plus petite Marie dresse la table. Bientôt, les bonnes odeurs font saliver l'immeuble entier. Du coup, Gisèle vient aux nouvelles et s'incruste.

L'après-midi, les deux sœurs s'efforcent d'inculquer à Xavier le goût des échecs, avec succès.

Quand sa mère lui téléphone, il doit à nouveau faire un effort pour se rappeler qu'il a une mère.

— Ça va, mon amour ? Où en sont tes rougeurs ?

Xavier n'a jamais trop aimé parler au téléphone. Pour faire la conversation, il a besoin de voir la tête de son interlocuteur.

Il répond par une question :

— Et vous ? Ça doit être génial, non ?

— On t'en parlera. Plus que trois jours.

– Seulement! lance Xavier, qui commence à prendre goût à cette vie pleine de nounous surprenantes.

– Oui, mon chéri, tiens bon.

Le soir, le trio visionne un DVD sur des joueurs d'échecs qui jouent par téléphone. Et, le matin, les deux Marie s'en vont à leur tournoi. Au revoir, les deux Marie.

Mercredi

Pour les remplacer — plus rien ne peut surprendre Xavier — se présente non pas une guitariste, ni une apprentie clown, ni des championnes d'échecs, mais une vieille dame aux cheveux blancs comme neige avec, sur le visage, l'expression de quelqu'un qui s'excuse d'exister.

— Je suis la grand-mère de Sébastien. Il n'a pas trouvé de jeune femme disponible aujourd'hui, alors il t'en envoie une vieille.

Après l'avoir avertie, selon l'usage, qu'il a la varicelle, Xavier lui demande si elle veut s'asseoir et s'il peut lui offrir quelque chose à boire. Car elle a l'air fragile.

Elle dit «non merci» en examinant les lieux autour d'elle. Les précédentes nounous ont toutes été parfaites, dans des genres différents, sauf que chacune a laissé son compte de pagaille. L'appartement est loin d'être en aussi bon ordre qu'aux premières heures de l'abandon familial historique.

– On va jouer à Blanche-Neige, décrète la vieille dame.

– À Blanche-Neige?

– Tu sais, quand elle arrive dans la maison crasseuse des nains, et qu'elle fait un ménage en règle avec l'aide de tous les animaux de la forêt.

– Ah oui.

— Moi, je serai Blanche-Neige, et toi tu seras les animaux.

Elle se met à chanter : « Un jour, mon prince viendra » et entreprend de déplacer et de replacer tous les objets, en essuyant la poussière avec une telle grâce et tant de gaieté que Xavier finit par croire qu'il y a du plaisir à prendre à ce genre d'opérations.

C'est à lui que revient de passer l'aspirateur, responsabilité prestigieuse qui ne lui avait jamais été confiée par ses parents.

La matinée s'envole comme la poussière, elle est déjà loin quand la vieille dame annonce :

— En fait, je m'appelle Blanche et, dans le temps, j'avais les cheveux aussi noirs que Blanche-Neige. On va pique-niquer au soleil, à présent.

Xavier la suit sur le balcon, et là elle tire de son sac deux pan-bagnats des pains ronds emplis de thon, tomate, œuf dur, olives et salade.

— Un repas complet dans un sand-
wich, assure-t-elle.

Xavier apprécie.

Cette fois, ce sont ses frères — ceux-
là-mêmes qui ont osé l'abandonner
lâchement dans sa solitude et dans sa
varicelle — qui téléphonent.

— Tu es au sec, petit salopard ? Il fait
beau ?

— Oui, et vous ?

Silence.

— Tu as quelque chose à manger, toi ?

— Oui, et vous ?

— Nous ? Ton rêve est un cauche-
mar. À bientôt.

Maintenant, Blanche a pris position
sur le sofa, munie de quatre aiguilles à
tricoter et de deux pelotes de laine.

— Tu sais tricoter ? questionne-t-elle.

— Non, avoue Xavier, dont la propre mère ne sait pas non plus, ni d'ailleurs aucune de ses deux grand-mères.

— Eh bien, tu vas apprendre.

Blanche est une pédagogue-née. Sur ses indications, Xavier réussit à produire un beau carré de mailles à l'endroit et de mailles à l'envers. Il est aussi fier de cette nouvelle aptitude que de son rang de premier de la classe.

— Je peux garder les aiguilles et la pelote ?

— Bien sûr, c'est pour toi. Sébastien n'en a plus besoin, il vient de finir son pull.

Le soir, Blanche organise une soirée grignotage-apéro devant les jeux à la télé. Elle connaît toutes les réponses à toutes les questions. Xavier en vient à supposer que, pourvu qu'on vive assez longtemps, on finit par tout savoir.

Et, le matin, Blanche s'en va aussi légèrement qu'elle était venue.

Serait-elle une fée?

Jeudi

La fée suivante a pour ventre un énorme globe gonflé à bloc, et son visage exprime un début de détresse qui semble annoncer des douleurs à prévoir dans un avenir assez proche.

Xavier l'accueille bouche bée.

— Je suis enceinte, lui dit la fée.

— Ah bon.

— Je suis une amie de Sébastien. Je m'appelle Aude et je viens te garder.

— Moi, j'ai la varicelle, la met en garde Xavier.

— Pas de problème, je l'ai déjà eue.

— Et ce bébé, c'est pour quand ?

— Pour avant-hier ! Si ça ne t'ennuie pas, je vais m'allonger, j'ai du mal à rester debout. Tu peux m'apporter du thé ?

Cette Aude n'arrête pas de donner des ordres. Qui garde qui ? Xavier va et vient. Elle sort même de son sac un livre qu'il doit lui lire, intitulé *Lettre à une mère*. Il s'exécute. De temps en temps, elle pousse un cri, un « aïe », un « outch ».

Et voilà que les gémissements s'accélèrent et augmentent, jusqu'au moment où Aude demande à Xavier d'appeler à l'aide.

À tout hasard, il téléphone aux pompiers. Il leur explique qu'il n'y a pas le feu chez lui :

— Je suis seul avec ma baby-sitter, et son bébé va naître d'une minute à l'autre.

Les pompiers accourent et embarquent Aude, qui implore Xavier :

— Tu viens avec moi ?

Xavier passe un moment aussi exaltant qu'angoissant à traverser la ville en brûlant tous les feux rouges, au son rythmé des pin-pon, pin-pon.

Toujours sur ordre d'Aude, il utilise son portable pour avertir le mari de celle-ci, ainsi que sa mère et l'ami Sébastien.

Il patiente à l'hôpital avec Aude dans ses douleurs jusqu'à l'arrivée du mari, puis, en compagnie de la mère, il poireaute jusqu'à onze heures du soir, heure à laquelle le bébé veut bien se donner la peine de naître. C'est un garçon.

À son départ, Aude le remercie en lui annonçant la grande nouvelle :

— Il s'appellera Xavier, comme toi. Je voulais un prénom en X, et je n'avais pas pensé à Xavier. J'aime beaucoup.

La mère ramène Xavier chez lui, où Gisèle attend, affolée, sur le palier.

— Ça fait deux fois que tes parents m'appellent. Ils sont complètement paniqués et moi aussi.

Dans l'appartement, Xavier court répondre au téléphone, qui recommence à lancer des dring-dring hystériques.

Gisèle le suit et entend :

— Oui, Papa… à l'hôpital… Tout va bien… Elle a accouché d'un beau bébé… Je t'explique quand tu reviens… Oui, tout va bien… Oui, oui… Quand tu reviens…

Vendredi

Le matin arrive trop vite et Xavier pense au petit Xavier. Il irait bien le voir à l'hôpital, mais il n'aime pas trop l'idée de transmettre la varicelle à tous ces gens, là-bas, qui sont déjà malades. Peut-être qu'il pourra devenir son baby-sitter.

Quand ça sonne, Xavier sait que lui, en tout cas, n'a plus besoin de baby-sitter. Il a pas mal grandi cette semaine.

La nouvelle remplaçante arrive, chargée de paniers et de paquets.

– J'ai dit à Sébastien que je voulais bien te garder à la seule condition que je puisse préparer mes gâteaux.

– Pas de problème, dit Xavier. Je vais t'aider.

Il s'avère que Valérie suit les cours d'une grande école de pâtisserie. Il faut qu'elle réalise tous les gâteaux du programme pour les soumettre au jury de l'examen, le lendemain matin.

Xavier adore la regarder faire, il apprécie ses tours de main, il goûte ses crèmes anglaises, ses œufs en neige, son chocolat au bain-marie. C'est lui qui

casse les œufs, moins facilement qu'il ne l'aurait cru.

La maison s'emplit d'odeurs célestes. Ils font un déjeuner de gâteaux. Valérie n'a besoin que d'un seul spécimen par recette. Xavier peut s'empiffrer du reste.

Elle finit par son « chef-d'œuvre » original, une maison tout en biscuits sablés. Elle descend plusieurs fois chercher les ingrédients manquants pendant que Xavier surveille la cuisson. Pour finir, elle rapporte un grand carton qui servira à transporter sa petite maison sucrée cimentée de pâte d'amande.

Le lendemain, Xavier aide à porter tous les gâteaux dans la voiture du copain de Valérie, qui attend en bas. Ce garçon a l'air très amoureux. Pas de doute, le jury va craquer comme lui.

Samedi

Fort des leçons de Blanche, Xavier refait le ménage. Il place les surplus de gâteaux sur la table. Il se fait beau malgré ses pustules en croûte. Sur quoi, Gisèle arrive aux nouvelles. Elle louche sur les gâteaux.

— Je vous en prie, servez-vous, lui dit Xavier.

Elle goûte.

— Délicieux !

Elle esquisse un sourire. Il faut croire qu'un petit gâteau par-ci, par-là égaie la vie et soigne la déprime.

Quand Justine reparaît, Xavier n'a pas le courage de lui dire qu'il n'a plus vraiment besoin d'elle. C'est un si grand plaisir de la voir.

Cunégonde, ainsi que Marie-Claire et Marie-Louise, rappliquent juste avant Blanche. Xavier se retrouve avec ses six nounous. Ne manque que l'accouchée. Tout le monde félicite tout le monde, parce que tout le monde a réussi ses concours, tournois ou examens.

— Sébastien ne savait plus qui devait venir aujourd'hui, alors il nous a dit à toutes de passer.

– Si je comprends bien, observe Xavier, Sébastien travaille surtout au téléphone. Il organise et expédie.

– Son projet est de fonder une entreprise de services à domicile.

– Il y réussira très bien. Vous m'avez fait passer une excellente semaine de vacances à la maison. Je vous remercie. Maintenant, je ne sais pas si je vais devenir clown, accoucheur, tricoteur ou

guitariste professionnel, mais ce qui est certain, c'est que vous m'avez donné un tas d'idées.

Justine sort sa guitare de sa housse et joue le morceau qui lui a valu les félicitations du jury. Personne n'entend la clef tourner dans la serrure de la porte d'entrée, mais toute la scène qui suit est en stéréo.

— On est là, mon petit Xaxa ! crie sa mère avant de remarquer la foule des mères remplaçantes.

— Mais qu'est-ce qui se passe ici ? s'exclame son père, ahuri.

— C'est Basta Service à votre service, dit Cunégonde, qui est en train de jongler avec cinq pommes.

Marc et Louis, qui toussent à se fendre la poitrine, écarquillent les yeux au spectacle de toutes les beautés qui sont rassemblées devant eux. Même Blanche les séduit.

— Alors, c'était bien? demande Xavier.

— Les pires vacances de notre vie! soupire sa mère. Surtout en pensant à toi, malade et abandonné…

— Il a plu tous les jours.

— Tu veux dire: il a gelé tous les jours…

— Il faisait noir et sinistre.

— Il n'y avait rien à bouffer.

On croirait entendre un groupe de rescapés d'une grande bataille.

— Venez, dit Blanche, réchauffez-vous. Mangez des gâteaux. Faites comme chez vous.

— J'ai une idée… dit Xavier en s'adressant à sa famille.

— Tu peux te la garder! meuglent ses frères en chœur.

— Je vous la dis quand même. L'année prochaine, on pourrait partir

camper, par exemple, sur la Côte
d'Azur…

Tout en disant cela, Xavier se prend
à espérer très fort qu'il attrapera juste à
ce moment-là… disons… la rougeole.